Das Wunder von Malchin
Die Geschichte des kleinsten Menschen der Welt

FSC
www.fsc.org
MIX
Papier aus verantwortungsvollen Quellen
Paper from responsible sources
FSC® C105338

Herold zu Moschdehner

Das Wunder von Malchin

Die Geschichte des kleinsten Menschen der Welt

Bibliografische Information der Deutschen Nationalbibliothek
Die Deutsche Nationalbibliothek verzeichnet diese Publikation in der Deutschen Nationalbibliografie; detaillierte bibliografische Daten sind im Internet über http://dnb.d-nb.de abrufbar.

ISBN: 978-3-7693-0912-6

Verlag: BoD · Books on Demand GmbH,
In de Tarpen 42, 22848 Norderstedt
Druck: Libri Plureos GmbH,
Friedensallee 273, 22763 Hamburg

11,99 Euro

Vorwort

Manchmal sind es die kleinsten Dinge, die die größte Wirkung haben. Diese Geschichte handelt von Anton, einem Jungen, der mit einer Größe zur Welt kam, die ihm augenblicklich das Leben schwerer machte – und doch gelang es ihm, ein Riese zu werden. Nicht im Körper, sondern in den Herzen der Menschen, die ihm begegneten. In Malchin, einem kleinen Dorf, das Anton stets wie einen der Ihren behütete, wuchs er auf und bewies, dass wahre Größe nicht in den Zentimetern, sondern in der Tiefe des Charakters liegt.

Antons Leben war geprägt von kleinen und großen Herausforderungen, von Momenten der Freude und bitteren Enttäuschungen, und doch schaffte er es, immer wieder aufs Neue mit einem Lächeln in die Welt zu schauen. Er wurde zu einem Symbol für Zusammenhalt, für den unermüdlichen Mut, sich selbst zu akzeptieren, und für die Kraft, die entsteht, wenn Menschen füreinander da sind.

Diese Geschichte erzählt nicht nur vom Leben eines ungewöhnlichen Menschen, sondern auch von einer Gemeinschaft, die ihn auffing und in jedem Schritt unterstützte. Es ist eine Erzählung über Freundschaft, über die leisen Töne des Miteinanders und über die Kraft, die in jedem einzelnen von uns steckt. Antons Leben mag in einem kleinen Dorf stattgefunden haben, doch die Werte, die er uns lehrt, sind universell.

Mögen die Zeilen dieses Buches Sie dazu inspirieren, die Menschen um Sie herum mit einem wachsamen Herzen zu sehen und daran zu glauben, dass wahre Größe in uns allen liegt – ganz gleich, wie klein oder groß wir sind.

Kapitel 1: Das Wunder von Malchin

Im Jahr 1960 wurde die kleine Stadt Malchin im Herzen der DDR Zeuge eines wahrhaft unerwarteten Wunders. Der Morgen war kühl, die grauen Wolken hingen schwer am Himmel, und ein leichter Herbstregen hatte die Straßen mit einem frischen Duft erfüllt. Die meisten Menschen gingen wie gewohnt ihrer Arbeit nach, und niemand ahnte, dass an diesem Tag ein Ereignis geschehen würde, das die Stadt und ihre Bewohner nachhaltig bewegen sollte. In einem unscheinbaren Krankenhauszimmer lag Maria Grützemeyer, eine einfache, bescheidene Frau aus der Gegend, im Kreißsaal und erlebte die ersten Wehen ihres ersten Kindes.
Die Geburt selbst verlief ohne Komplikationen – zumindest bis zu dem Moment, als der kleine Junge auf die Welt kam und die Hebamme innehielt, während ihr Blick zwischen Maria und dem Neugeborenen hin und her wanderte. Sie rief nach dem diensthabenden Arzt, und bald darauf standen vier Mitarbeiter um das Kind, alle gleichermaßen von Erstaunen erfasst. Das Baby war winzig, gerade einmal zehn Zentimeter groß und kaum schwerer als eine Tasse Tee. Das Neugeborene sah aus wie eine Puppe, aber es lebte, atmete und öffnete mit einem schwachen Laut die Augen. Die Dunkelheit seiner Augen schien die Anwesenden in ihren Bann zu ziehen. Maria spürte keine Angst in diesem Moment, nur eine tiefe Zärtlichkeit für das kleine Wesen in ihren Armen. Sie entschied sich spontan für den Namen Anton, ein starker Name für einen kleinen

Jungen, der ganz offensichtlich den Schutz und die Liebe seiner Familie benötigen würde. Die Ärzte waren ratlos, vermuteten eine genetische Anomalie, sprachen von einem möglichen Wachstumsdefekt oder einer unentdeckten Entwicklungsstörung, doch sie fanden keine eindeutige Erklärung. Anton schien gesund zu sein, doch die Frage, wie sich sein Leben entwickeln würde, ließ niemanden los.
Schnell verbreitete sich die Neuigkeit von Antons Geburt im Krankenhaus und bald auch im gesamten Dorf. In Malchin gab es nur selten Ereignisse, die über den Alltag der Bauern und Handwerker hinausgingen, und so wurde die Ankunft des „kleinen Riesen" zum Gesprächsthema Nummer eins. Die Menschen im Dorf sprachen in den Bäckereien, Metzgereien und sogar in der Schule von dem „Riesenbaby", das doch so winzig war. Für die Einwohner war Antons Geburt ein wahres Wunder, und dieser Wunderglaube trug dazu bei, dass er schon bald von den Leuten liebevoll „Riese" genannt wurde. Die Ironie des Namens sorgte für heitere Gespräche und eine wachsende Verbundenheit der Dorfbewohner zu dem kleinen Jungen.
Maria und Hans Grützemeyer mussten sich auf ein Leben mit besonderen Herausforderungen einstellen. Das winzige Baby passte in keines der üblichen Babybettchen, und selbst die kleinsten Strampler schienen ihn förmlich zu verschlucken. Antons Großmutter, eine begabte Schneiderin, nahm sich der Sache an und nähte aus Stoffresten winzige Strampler und Hemdchen für ihren Enkel. Sie verbrachte Stunden an ihrer

Nähmaschine, um die winzigen Nähte präzise zu setzen, und strickte zusätzlich winzige Mützen, die Antons Kopf wärmten. Sogar Frau Kasper aus der Nachbarschaft kam vorbei und brachte Puppenkleidung, die sie vor Jahren gesammelt hatte und die nun einem neuen Zweck diente.
Nicht lange nach seiner Geburt wurde ein Journalist aus Berlin auf Anton aufmerksam, als ein Krankenhausmitarbeiter ihm von dem „kleinsten Baby der DDR" berichtete. Die Nachricht reiste erstaunlich schnell von Ohr zu Ohr, und obwohl es keine Sensation im westlichen Stil war, erreichte Antons Geschichte die Redaktion einer Zeitung in Berlin. Neugierig und skeptisch zugleich, machte sich ein Fotograf auf den Weg nach Malchin, um mit eigenen Augen zu sehen, was ihm als Wunder beschrieben worden war. Er warf einige skeptische Blicke auf die Karte, als er in Malchin eintraf und sich in den kleinen Gassen umsah, doch seine Zweifel schwanden, als er in die kleine Stube der Grützemeyers geführt wurde und den winzigen Jungen zum ersten Mal sah.
Anton lag friedlich in einem provisorischen Bettchen, das seine Eltern aus einem alten Obstkorb umfunktioniert hatten. Es war mit einer Decke und kleinen Kissen ausgepolstert, die seine Großmutter genäht hatte. Der Fotograf machte ein Foto nach dem anderen, während Anton neugierig zu ihm aufschaute und die Kamera mit seinen dunklen Augen fixierte. Der Fotograf konnte sich ein Lächeln nicht verkneifen und fragte die Grützemeyers, wie es sich anfühle, ein Wunderkind in der Familie zu haben. Hans

Grützemeyer zuckte nur die Schultern und sagte mit einem Lächeln: „Na ja, er ist einfach unser Anton."
Die Berliner Zeitung veröffentlichte eine berührende Reportage über „das Wunder von Malchin", und der Artikel wurde schnell zur meistgelesenen Geschichte der Woche. Schwarz-weiße Fotos von Anton in seiner kleinen Wiege und neben einer Spielzeugpuppe, die fast größer war als er selbst, füllten die Zeitungsseiten. Der Artikel berichtete von Marias ruhiger Stärke und von der besonderen Art, wie das Dorf den kleinen „Riesen" in seiner Mitte aufnahm. Die Reaktionen auf den Artikel waren überwältigend. Menschen aus der Umgebung kamen nach Malchin, um den kleinen Anton zu sehen und vielleicht sogar mit ihm zu sprechen. Viele brachten kleine Geschenke mit: handgestrickte Schals, winzige Spielsachen, handgefertigte Püppchen und kleine Figuren, die ihm vielleicht Freude bereiten könnten.
Für Anton selbst, der noch viel zu jung war, um die Aufmerksamkeit ganz zu verstehen, war es wohl ein sanfter Einstieg in das Leben eines kleinen Helden. Immer wenn die Dorfbewohner zu Besuch kamen und sich um sein Bettchen versammelten, schaute er sie mit diesem rätselhaften Blick an, der so vielen Menschen das Herz erwärmte. Marias Herz war jedes Mal erfüllt von Stolz und auch von einer zarten Angst, dass Anton ein Leben voller Herausforderungen bevorstehen könnte. In ruhigen Momenten fragte sie sich oft, was die Zukunft für ihn bereithalten würde. Würde er jemals in der Lage sein, ein

normales Leben zu führen? Oder würde er für immer auf die Fürsorge und den Schutz des Dorfes angewiesen sein?
Für die Dorfbewohner von Malchin war Anton jedoch mehr als nur ein Junge mit einer ungewöhnlichen Größe. Er wurde zu einem Symbol der Zusammengehörigkeit und des Mitgefühls. Die Menschen halfen den Grützemeyers, wo sie konnten. Sie brachten kleine Geschenke, boten ihre Hilfe im Haushalt an und überlegten sogar, wie man das Haus für Anton sicherer machen könnte. Sein Schicksal war zu einer Angelegenheit des ganzen Dorfes geworden, und in den Gesprächen und Planungen, die Anton betrafen, zeigte sich eine Herzlichkeit, die jeder spürte.
So wuchs Anton behütet in Malchin auf, und obwohl seine Welt klein war, war sie voller Liebe und Fürsorge.

Kapitel 2: Der kleinste Strampler der Welt

Mit der Ankunft des kleinen Anton wurde das Haus der Grützemeyers in Malchin zu einem Ort ständiger Fürsorge und liebevoller Besuche. Der Alltag der Familie änderte sich radikal, und schnell wurde klar, dass Anton besondere Dinge brauchte – vor allem Kleidung, die seinem winzigen Körper passte. Die Dorfbewohner taten ihr Bestes, um ihm gerecht zu werden, und bald stellte sich heraus, dass die Gemeinschaft von Malchin bereit war, gemeinsam für das Wohl des kleinsten „Riesen" zu sorgen.

Die erste Herausforderung, die Maria und Hans zu bewältigen hatten, war das Problem mit Antons Kleidung. Selbst die kleinsten Babykleidungstücke, die auf dem Markt erhältlich waren, waren für ihn viel zu groß. Maria durchwühlte ihre eigene Kleidung und selbst die von Verwandten, auf der Suche nach Stoffresten, die sich zu kleinen Kleidungsstücken für ihren Sohn verarbeiten ließen. Auch wenn sie es zunächst nicht zugeben wollte, fühlte Maria eine leichte Sorge darüber, wie sie Anton in den kalten Monaten warmhalten sollte. Der kommende Winter versprach besonders streng zu werden, und es kam ihr fast vor wie ein Wettlauf gegen die Zeit.

Hier sprang Antons Großmutter ein, die für ihre handwerklichen Fähigkeiten und ihre Geduld im ganzen Dorf bekannt war. Frau Grützemeyer Senior, wie sie respektvoll genannt wurde, war eine geborene Schneiderin, die den Beruf noch zu einer Zeit gelernt hatte, in der Maßanfertigungen alltäglich waren. Sie kramte

ihre Nähmaschine hervor, ein robustes Stück, das ihr von ihrer eigenen Mutter vererbt worden war, und machte sich ans Werk. Mit winzigen Nadeln und Fäden zauberte sie Miniaturanzüge, winzige Hemdchen und Strampler, die Anton wie angegossen passten. Sie arbeitete oft bis spät in die Nacht, um die vielen Einzelteile sorgfältig zu vernähen und mit winzigen Knöpfen zu verzieren, die eigentlich für Puppenkleider gedacht waren. Die Nachbarschaft zeigte ebenfalls ihre Unterstützung und brachte Puppenkleidung, von der sie dachten, sie könnte Anton passen. Besonders Frau Kasper, die mit Puppen handelte und selbst eine umfangreiche Sammlung besaß, kam oft vorbei. Sie hatte alte, gut erhaltene Puppenkleider aus den Vorkriegsjahren und freute sich, diese für einen „richtigen" Menschen nutzen zu können. Anton wurde durch diese Gaben zu einem der bestangezogenen Babys von Malchin, wenn auch auf eine ungewöhnliche Art und Weise. Es war nicht selten, dass er in einem gestrickten Pullover zu sehen war, der mit kleinen Bärenmustern verziert war, oder in einer winzigen Latzhose, die ihm kaum bis zu den Knien reichte.
Die Kleidung war jedoch nicht das Einzige, was sich im Alltag der Familie änderte. Um Anton warm zu halten, baute sein Vater aus einer alten Obstkiste ein winziges Bettchen, das sie dick mit Decken und Kissen auspolsterten. Hans verwendete jede freie Minute, um am Bett zu werkeln, bis es eine gemütliche Schlafstätte für Anton war. Sie stellten das Bettchen direkt neben Marias, damit sie ihren Sohn jede Nacht in ihrer

Nähe hatte. Es war eine Beruhigung für sie, ihn immer im Blick zu haben, und Anton schlief friedlich in dem kleinen Nest, das mit Stoffen aus der ganzen Nachbarschaft ausgestattet war.
Die kalten Monate rückten näher, und Maria machte sich Sorgen um Antons Gesundheit. Das Dorf setzte sich zusammen und überlegte, wie man ihm in der kalten Jahreszeit zusätzliche Wärme geben könnte. Einige Nachbarn schenkten ihm winzige Wollmützchen, während andere begannen, kleine Schals und Handschuhe zu stricken. Besonders stolz waren die Dorfbewohner auf den winzigen Wollmantel, den die Bäckerin Fräulein Lenke für ihn anfertigte. Sie selbst nannte ihn liebevoll „Antons Sonntagsmantel", da er besonders schön und ordentlich gearbeitet war und immer dann hervorgeholt wurde, wenn die Familie in die Kirche oder zu besonderen Anlässen ging. Der Mantel zog jedes Mal bewundernde Blicke auf sich, und für Maria war er ein Symbol der Großzügigkeit und Zuneigung, die das ganze Dorf für ihren Sohn empfand.
Der Winter brachte jedoch nicht nur neue Herausforderungen mit sich. In den frostigen Monaten wurde Anton tatsächlich ein wenig krank. Eine kleine Erkältung, wie sie jedes Kind erleben konnte, war für ihn eine ernste Angelegenheit. Die gesamte Nachbarschaft verfolgte besorgt seine Genesung und brachte der Familie selbstgemachte Heiltees und Kräutersalben. Eine ältere Dame namens Frau Habermann, die sich als Kräuterfrau einen Namen gemacht hatte, brachte eine

selbstgemischte Erkältungssalbe vorbei. Sie bestand aus Fichtennadeln und Rosmarin, und Maria rieb Anton jeden Abend vorsichtig damit ein. Der würzige Duft erfüllte das ganze Haus, und langsam besserte sich Antons Zustand.

In diesen Wintermonaten entwickelte sich eine unerschütterliche Fürsorge für Anton, die nicht nur seine Familie, sondern das ganze Dorf Malchin umfasste. Jeder Einzelne trug dazu bei, dass er gut durch die kalte Zeit kam. Der Bäcker brachte immer wieder Brot vorbei, das Maria und Hans für sich und Anton einfrieren konnten, die Milchfrau ließ ihnen ab und an eine Extra-Portion frischer Milch zukommen, und die Schneiderin des Dorfes steckte alle ihre Liebe in die Näharbeiten für den kleinen Jungen. Die Nachbarn kamen vorbei, um zu sehen, wie es ihm ging, und versicherten Maria und Hans, dass sie auf Anton aufpassen würden, als wäre er ihr eigener Sohn.

Der Winter verging, und Anton erholte sich langsam von seiner Erkältung. Doch für seine Eltern blieb die leise Sorge um seine Zukunft. Sie wussten, dass das Dorf hinter ihnen stand, doch das Wissen darum, dass Anton in einer Welt voller Herausforderungen und Hürden aufwachsen würde, belastete sie in stillen Momenten.

Trotzdem war Maria zuversichtlich, dass ihr kleiner „Riese" seinen Platz finden würde – nicht nur in Malchin, sondern auch in der großen Welt da draußen.

Kapitel 3: Der erste Schultag

Mit den Jahren wuchs Anton heran – zumindest in seinem eigenen Maßstab. Während andere Kinder in die Höhe schossen und ihre Kleider und Schuhe stetig ausgetauscht werden mussten, blieb Anton klein und zart. Trotzdem erreichte er schließlich das schulpflichtige Alter, und Maria und Hans bereiteten sich darauf vor, ihn in die Schule zu schicken. Für das Ehepaar war es ein Moment voller Stolz, doch auch von Sorge durchwoben. Wie würde Anton sich in der Schule zurechtfinden? Würde er mit den anderen Kindern klarkommen? Und wie würden sie ihn aufnehmen?

Als der große Tag näher rückte, war das ganze Dorf aufgeregt. Die Nachbarn wussten von Antons bevorstehendem Eintritt in die Schule und unterstützten die Grützemeyers, wo sie konnten. Frau Kasper brachte eine winzige Schultüte vorbei, die sie mit Miniatur-Süßigkeiten und kleinen Spielsachen gefüllt hatte. Sie war kaum größer als ein gewöhnlicher Bleistift, doch für Anton war sie das größte Geschenk, das er je bekommen hatte. Mit einem breiten Lächeln und funkelnden Augen nahm er die Tüte entgegen und ließ seine kleinen Finger vorsichtig über das bunte Papier gleiten.

Am Morgen des ersten Schultages stand das gesamte Dorf bereit, um Anton und seine Eltern zur Schule zu begleiten. Maria und Hans waren gerührt von der Anteilnahme der Dorfbewohner, die sich wie eine große Familie um sie scharten. Während sie den Weg zur Schule entlanggingen, begegneten sie freundlichen Gesichtern und ermutigenden Worten. Anton schien sich der besonderen Aufmerksamkeit, die ihm zuteilwurde, voll bewusst zu sein. Mit erhobenem Kopf und einem festen Griff um die Hand seiner Mutter schritt er dem Gebäude entgegen, das fortan ein zentraler Teil seines Lebens sein würde.

Als sie die Schule erreichten, wartete die Lehrerin, Frau Petersen, bereits an der Tür. Sie hatte von Antons einzigartiger Situation erfahren und bereitete sich auf ihre neue Aufgabe vor: Anton so gut wie möglich in den Klassenalltag zu integrieren. Doch eines war klar – das normale Schulmobiliar würde für Anton nicht infrage kommen. Die älteren Schüler, die bereits von Antons Ankunft erfahren hatten, begannen im Werkunterricht ein Projekt, das sie sofort begeisterte: Sie wollten Anton seinen eigenen kleinen Schulplatz bauen.

In den nächsten Wochen verwandelte sich der Werkraum in eine Art Holzwerkstatt für Miniaturmöbel. Die Jugendlichen schnitten, schliffen und hämmerten, bis ein winziger Stuhl und ein passender Tisch entstanden, die wie maßgeschneidert für Anton wirkten. Schließlich war es so weit: Am Tag, an dem Anton zum ersten Mal seinen Platz einnehmen würde, präsentierten die Schüler stolz ihre Arbeit. Der winzige Tisch und Stuhl standen in der ersten Reihe, und Anton nahm mit einem strahlenden Lächeln Platz. Es war ein bewegender Moment für alle Anwesenden, und die Klasse empfing ihn mit herzlichem Applaus. Für Anton fühlte sich dieser kleine Ort wie eine eigene Welt an – ein

Raum, in dem er lernen, träumen und wachsen konnte, auch wenn er in seinem Inneren bereits weitaus größer war als seine äußere Gestalt.
Die ersten Wochen in der Schule verliefen spannend und herausfordernd zugleich. Anton war aufmerksam und wissbegierig; seine dunklen Augen folgten jedem Wort der Lehrerin. Doch der Alltag brachte auch Schwierigkeiten mit sich. Manche Mitschüler sahen ihn eher als eine Art Kuriosität und wussten nicht recht, wie sie mit ihm umgehen sollten. Andere hingegen waren fasziniert von seinem Wissen und seiner Reife, die er in Gesprächen an den Tag legte. Sie begannen, ihn als einen besonderen Freund zu sehen, und Anton fand sich oft umringt von neugierigen Kindern, die ihm ihre Schulhefte und Bücher zeigten.
Frau Petersen bemühte sich, Anton so gut wie möglich einzubinden. Sie gab ihm altersgerechte Aufgaben, passte aber auf, dass sie ihn nicht überforderte. Für Anton bedeutete das Lernen eine Herausforderung, doch er nahm sie mit einer Begeisterung an, die alle Lehrer beeindruckte. Er war besonders geschickt im Lesen und Schreiben, obwohl die Bücher und Hefte für seine kleinen Hände oft mühsam zu handhaben waren. Die Lehrerin ließ ihm spezielle, kleinere Hefte anfertigen, die er besser greifen konnte, und so entwickelte Anton bald eine eigene, kleine Bibliothek, die ihn in den nächsten Jahren begleiten würde.
Doch eines Tages geschah ein Vorfall, der Antons besonderen Status noch einmal ins Gedächtnis rief. In der Pause spielte er auf dem Schulhof und

beobachtete die anderen Kinder beim Ballspielen. Anton selbst konnte aufgrund seiner Größe an solchen Spielen kaum teilnehmen, doch er freute sich immer, die anderen zu beobachten und lachte oft laut mit, wenn jemand den Ball besonders weit schoss. An diesem Tag jedoch schlich sich eine große, graue Katze auf den Schulhof. Niemand wusste so genau, woher sie kam, doch plötzlich stand sie vor Anton und betrachtete ihn mit glänzenden, neugierigen Augen.
Bevor jemand reagieren konnte, sprang die Katze blitzschnell auf ihn zu und packte ihn vorsichtig im Nacken. Für einen Moment schien es, als ob sie Anton als eine Art Beute betrachtete und ihn einfach wegtragen wollte. Die Kinder schrien vor Schreck auf, und Frau Petersen lief eilig herbei. Doch die Katze hatte bereits einige Meter zwischen sich und die anderen gebracht, als der Hausmeister des Schulgebäudes, Herr Kruse, beherzt einschritt. Er rannte der Katze hinterher, brüllte laut und klatschte in die Hände, sodass die Katze erschrocken losließ und davonlief.
Anton war erschüttert, aber unversehrt. Die anderen Kinder, die den Vorfall beobachtet hatten, konnten ihren Schock nur schwer verbergen. Für die nächsten Tage war Anton der Mittelpunkt des Gesprächs auf dem Pausenhof, und jeder erzählte die Geschichte des „kleinen Riesen", den eine Katze fast entführt hätte. Die Mitschüler sahen Anton von diesem Moment an mit noch mehr Respekt, und er selbst ging mit einem neu gewonnenen Gefühl der Dankbarkeit zur Schule zurück. Zwar blieb eine leise

Abneigung gegen Katzen, doch auch ein humorvoller Unterton begleitete die Geschichte, die bald im gesamten Dorf die Runde machte. Dieser Vorfall hatte gezeigt, dass Anton zwar klein war, aber das Herz eines echten Helden besaß. Und so begann er, sich in der Schule und in seinem Leben mit immer mehr Selbstbewusstsein zu behaupten, wissend, dass die Menschen um ihn herum ihn schätzten und schützten.

Kapitel 4: Riese im Dorf

Antons Schuljahre waren geprägt von besonderen Momenten und der wachsenden Zuneigung seiner Mitschüler und Dorfbewohner. Während seine Klassenkameraden allmählich in die Höhe schossen und kräftiger wurden, blieb Anton so klein, wie er am ersten Schultag war. Doch mit jedem Jahr, das verging, schien seine Persönlichkeit zu wachsen und Raum einzunehmen, der weit über seine körperliche Gestalt hinausging. „Riese“ war mittlerweile mehr als nur ein Spitzname geworden – es war ein Titel, den er trug und den die Menschen um ihn herum liebevoll und respektvoll verwendeten.

In einem kleinen Dorf wie Malchin war das Gemeinschaftsgefühl stark, und Anton wuchs auf wie ein Kind, das zu allen Familien gehörte. Seine Eltern sahen ihn selten alleine – es war, als würde das gesamte Dorf darauf achten, dass Anton stets gut aufgehoben und in sicherer Obhut war. Die Bäckerei um die Ecke ließ ihn regelmäßig kleine Brötchen bemalen, die dann als „Antons Mini-Brötchen“ verkauft wurden. Die Dorfbewohner kauften sie gerne, auch wenn sie sich amüsierten, wenn sie das Gebäck zwischen ihren Fingern kaum halten konnten.

Für Anton bedeutete das Leben im Dorf eine ständige Quelle der Freude und des Trostes. Wenn andere Jungen beim Fußball oder Fangen spielten, sah er meist nur zu, aber nie neidisch oder enttäuscht. Er liebte es, mit den Menschen zu sprechen, sie auszufragen und die Geschichten der Älteren zu hören, die ihm oft anvertrauten, was sie sonst niemandem

erzählten. Anton wurde ein aufmerksamer Zuhörer und entwickelte eine besondere Art, den Menschen zuzuhören, als sei jeder Satz, den sie sagten, das Wertvollste der Welt.
Die Dorfbewohner liebten es, ihn in ihre Alltagsaufgaben einzubeziehen. So durfte Anton zum Beispiel einmal die Glöckchen am Schlitten des örtlichen Pferdezüchters reinigen, der im Winter mit einem Wagen durch die verschneiten Straßen fuhr. Da Anton so klein war, kletterte er direkt auf die Kufen und nahm die Glöckchen in seine winzigen Hände, polierte sie mit einem Lappen, bis sie glänzten, und steckte sie dann wieder fest. Der Pferdezüchter bedankte sich jedes Mal mit einem sanften Klaps auf den Rücken und lobte ihn für seine sorgfältige Arbeit, was Anton stolz machte.
Im Sommer durfte er den Gemüseverkäufer auf den Markt begleiten. Anton liebte den Duft frischer Kräuter und Obstsorten, die sich im Wind verteilten. Seine Lieblingsaufgabe war es, die kleinen Zwiebeln in den Körben zu sortieren, und er entwickelte eine eigene Methode, wie er sie der Größe nach anordnete. Die Marktbesucher kamen immer öfter, um nicht nur frisches Gemüse zu kaufen, sondern auch, um Anton bei seiner Arbeit zu sehen. Seine Hingabe und die Freude, die er ausstrahlte, waren ansteckend, und selbst die grimmigsten Dorfbewohner entlockte er mit seiner Fröhlichkeit ein Lächeln.
Doch auch traurige Momente begleiteten Anton. In einem besonders kalten Winter erkrankte er schwer an einer Lungenentzündung. Die Sorge um ihn war groß, und das gesamte Dorf tat sein

Bestes, um seine Genesung zu unterstützen. Die Bäuerinnen brachten heiße Brühen, die Hausfrauen strickten ihm noch wärmere Mützen, und der alte Herr Kruse, der Schuster des Dorfes, baute ihm ein Paar winzige Stiefel, damit seine Füße selbst im härtesten Frost warmblieben. Tag und Nacht saß seine Mutter an seinem Bett und sprach mit leiser Stimme zu ihm, während er fiebernd vor sich hin döste. Nach Wochen der Genesung wurde Anton langsam wieder gesund, doch die Angst, ihn zu verlieren, hatte alle tief getroffen und die Dorfgemeinschaft noch enger zusammengeschweißt.

Dieser Winter veränderte Anton – und das Dorf mit ihm. Die Menschen merkten, dass sie es nicht nur mit einem „Dorfphänomen" zu tun hatten, sondern mit einem Jungen, dessen sanfte Art und aufrichtige Herzenswärme sie alle berührte. Anton wurde nun nicht nur als „der kleine Riese" betrachtet, sondern als jemand, der ihnen allen auf seine Art und Weise etwas zurückgab. Oft kamen die Menschen nach einem langen Tag zu ihm, einfach nur, um ein paar Minuten mit ihm zu reden und ihre Sorgen loszuwerden. Anton verstand, dass er einen besonderen Platz in dieser kleinen Welt eingenommen hatte, und er war stolz darauf, den Menschen etwas zu geben, auch wenn es nur ein Lächeln oder ein freundliches Wort war.

Im Frühling nach seinem langen Winter der Genesung organisierte das Dorf ein Fest zu seinen Ehren. Alle kamen zusammen und brachten Speisen und Getränke mit, die sie selbst gemacht hatten. Die Bäuerinnen backten riesige Kuchen, die Kinder bemalten kleine Tafeln mit Danksagungen für Anton, und die Ältesten des Dorfes erzählten Geschichten über ihn, als wäre er eine kleine Legende geworden. Anton selbst fühlte sich überwältigt von der Zuneigung und Fürsorge, die ihm entgegengebracht wurde. Die Dorfbewohner erzählten ihm, dass er für sie eine Art Licht in schweren Zeiten war und dass seine Anwesenheit sie an die Einfachheit und Schönheit des Lebens erinnerte.

Mit diesem Fest begann Anton zu begreifen, dass seine Größe oder seine körperlichen Grenzen nichts über seine Bedeutung für die Menschen um ihn herum aussagte. Es war nicht seine Körpergröße, die ihn zu einem „Riesen" machte, sondern seine Fähigkeit, den Menschen mit seiner kleinen, aber großen Art Freude zu bringen. Und so lebte Anton in Malchin weiter, behütet von einer Gemeinschaft, die ihn als einen der ihren ansah, als einen kleinen Jungen, der sie durch seine bloße Existenz dazu brachte, das Leben ein bisschen mehr zu schätzen.

Kapitel 6: Das Missverständnis

Der Frühling brachte ein Ende des harten Winters, und mit ihm kehrte das Leben in Malchin allmählich zur Normalität zurück. Anton fühlte sich durch seine Winterabenteuer gewachsen – nicht körperlich, aber innerlich, und das Dorf war stolz auf ihn und seinen ungebrochenen Mut. Doch kaum hatten die Dorfbewohner sich an die wärmeren Tage gewöhnt, da ereignete sich ein Zwischenfall, der Anton für einen kurzen Moment zu einem echten „Mann des Dorfes" machte und für einiges an Aufregung sorgte.

Eines Tages, als die Sonne über den Feldern Malchins stand und die Luft von frischem Gras und Blüten erfüllt war, entschloss sich Anton zu einem kleinen Spaziergang. Er hatte sich fest vorgenommen, das Feld am Rand des Dorfes zu erkunden, das gerade im satten Grün der Frühjahrspflanzen blühte. Mit seinen kleinen Schritten ging er tapfer voran, während ihm die Sonne ins Gesicht schien und die warmen Strahlen ihn zum Lächeln brachten. Er liebte es, die Natur um sich herum zu entdecken, und es war für ihn fast ein Ritual geworden, die winzigen Details, die er fand, zu bewundern und aufzusammeln.

Doch während Anton sich in den hohen Grashalmen verlor, nahm das Dorf an, dass er nur für eine kurze Weile draußen war. Niemand bemerkte, dass er sich tiefer in das Feld hineinwagte, bis ihn die hohen Maispflanzen fast völlig umschlossen hatten und er sich wie in einem kleinen Wald aus grünen Stängeln und

Blättern wiederfand. Die Zeit verging, und Anton verlor sich in den vielen Pflanzen und Stängeln, die das Licht nur noch in winzigen, flimmernden Flecken auf den Boden fallen ließen. Bald jedoch merkte er, dass er die Orientierung verloren hatte – in alle Richtungen sahen die Reihen des Maisfeldes gleich aus, und Anton war plötzlich allein in der grünen Stille.

Zur gleichen Zeit begannen die ersten Dorfbewohner, sich Sorgen zu machen. Niemand hatte Anton seit Stunden gesehen, und allmählich breitete sich eine unruhige Spannung aus. Einige Kinder erzählten, sie hätten Anton gesehen, wie er zum Maisfeld gegangen sei, und schon bald machte das Gerücht die Runde, der kleine „Riese" sei im riesigen Feld verloren gegangen. Die Menschen versammelten sich auf dem Dorfplatz und begannen, Pläne zu schmieden. Die Nachricht erreichte schließlich auch Maria und Hans, die sich sofort mit großer Sorge den Suchenden anschlossen.

Es war eine eigenartige Szene, die sich da in Malchin bot: Ein Dutzend Männer und Frauen mit Stöcken und Körben gingen los, um nach dem kleinen Jungen zu suchen, als wäre er ein verlorener Schatz. Sie durchstreiften das Maisfeld in Gruppen, riefen seinen Namen und lauschten aufmerksam, doch das hohe Gras und die dichten Maisreihen schienen ihre Stimmen zu verschlucken. Für Anton, der die Rufe bald hörte, klang es beinahe wie das leise Summen von Insekten, und er blieb unschlüssig stehen, überlegte, in welche Richtung er wohl gehen sollte.

Nach einer Weile setzte sich Anton in das Gras, beobachtete die Pflanzen und schloss die Augen, während er auf Hilfe wartete. Er fühlte keine Angst – im Gegenteil, er hatte das Gefühl, dass die Natur um ihn herum ihn beschützte. Der sanfte Duft der Erde und der frischen Blätter beruhigte ihn, und die Wärme des Bodens ließ ihn in eine leichte Schläfrigkeit gleiten. Bald nickte er ein, die frische Luft und das Zwitschern der Vögel wiegten ihn in einen friedlichen Schlaf.

Schließlich, als die Sonne schon tief stand und die Dorfbewohner das Maisfeld fast vollständig durchstreift hatten, fand ihn Frau Habermann. Die Kräuterfrau, die sich seit Antons Geburt immer liebevoll um ihn gekümmert hatte, war durch das Maisfeld gegangen und hatte sich von den Vögeln leiten lassen, die sie zwischen den Pflanzen tanzen sah. Als sie die kleine Gestalt von Anton im Gras entdeckte, musste sie lächeln und seufzte erleichtert.

Langsam beugte sie sich hinunter und berührte seine Schulter. „Anton, wach auf," flüsterte sie sanft. Anton öffnete die Augen und blinzelte verwirrt in die tieforange Sonnenstrahlen, die durch das dichte Grün schimmerten. Er lächelte, als er Frau Habermanns Gesicht erkannte, und fragte: „Haben alle nach mir gesucht?" Die Kräuterfrau nickte und half ihm auf die Beine, während sie sich daran machte, ihn vorsichtig zurück durch das Feld zu geleiten.

Als die beiden aus dem Maisfeld heraustraten, empfing sie eine große Menge Dorfbewohner, die sich sichtlich erleichtert zeigten, als sie Anton sicher zurückkehrend sahen. Maria und Hans

liefen auf ihn zu, umarmten ihn und drückten ihn fest an sich, während alle Anwesenden lachten und klatschten, als wäre Anton von einer Heldentat heimgekehrt. Die ganze Aufregung um ihn herum verwirrte ihn, doch er genoss die Wärme und das Gefühl der Zugehörigkeit, das die Menschen ihm entgegenbrachten.
Noch Tage später erzählten sich die Dorfbewohner die Geschichte des kleinen „Riesen", der im großen Maisfeld verloren gegangen war und wiedergefunden wurde, als wäre es ein kleines Abenteuer gewesen. Anton selbst nahm diese Geschichten mit einem Schmunzeln und einer leichten Verlegenheit hin, aber in ihm wuchs auch das Gefühl, dass er für die Dorfbewohner etwas Besonderes war – nicht wegen seiner Größe, sondern wegen der Liebe und Fürsorge, die sie ihm schenkten.

Kapitel 7: Jugendjahre und erste Freundschaften

Die Jahre vergingen, und Anton wurde älter. Er blieb stets der kleinste Junge in Malchin, doch er entwickelte sich zu einem echten Teil der Dorfgemeinschaft. Seine Freunde, die zunächst eher von seiner Größe fasziniert waren, begannen, Anton immer mehr als eine unverzichtbare Persönlichkeit wahrzunehmen. Trotz seiner zarten Statur besaß Anton einen großen Mut und einen messerscharfen Verstand. Seine ruhige, neugierige Art machte ihn zu einem Freund, dem man vertraute, und immer öfter fanden sich die Kinder aus der Umgebung in seiner Nähe ein, um Zeit mit ihm zu verbringen und ihm ihre Geheimnisse anzuvertrauen.

Einer seiner engsten Freunde war Paul, ein Junge aus seiner Klasse, der ein gutes Stück größer und kräftiger war als Anton. Paul war ein typischer Lausbube, der gerne Streiche spielte und das Abenteuer suchte, doch in Anton fand er einen ruhigen Gegenpol. Die beiden verstanden sich auf eine besondere Weise: Während Paul immer wieder neue Einfälle hatte, wie man die Dorfbewohner ein wenig auf die Schippe nehmen konnte, war Anton derjenige, der ihn davon abhielt, es zu weit zu treiben. Es kam oft vor, dass Paul Anton auf die Schulter hob und durch das Dorf spazierte, als wäre Anton der Anführer und er sein treuer Ritter.

Gemeinsam erlebten die beiden viele Abenteuer. Sie streiften durch die Felder, bauten kleine Lager am Waldrand und führten lange Gespräche über die Welt und ihre Träume. Für

Anton war es eine Freude, mit Paul und den anderen Kindern Zeit zu verbringen, auch wenn ihm manches Abenteuer körperlich schwerfiel. Seine Freunde entwickelten eine eigene Art der Rücksichtnahme auf ihn: Sie schufen spezielle Spiele, bei denen er mitmachen konnte, oder halfen ihm bei Aufgaben, die für ihn allein zu mühsam waren. Ein besonderes Spiel war das „Dorfabenteuer", bei dem sich die Kinder wie Detektive durchs Dorf schlichen und versuchten, Geheimnisse zu lüften. Anton war der „Chefdetektiv" und Paul sein Assistent, und gemeinsam entdeckten sie Dinge, die den Erwachsenen entgingen – ob es das Versteck einer Katze war oder ein vergessenes Spielzeug, das im hohen Gras lag.
Doch so sehr Anton die Freundschaften und Abenteuer genoss, gab es auch Augenblicke der Sehnsucht. Wenn er seine Freunde beim Laufen und Springen beobachtete, überkam ihn manchmal ein leiser Wunsch, genauso groß und stark zu sein wie sie. Er wünschte sich, mit Paul um die Wette laufen zu können oder an den Bäumen hochzuklettern, die so verlockend schienen. Doch Anton lernte, diesen Gedanken mit Humor zu begegnen und erkannte, dass seine Statur ihm etwas gab, das die anderen nicht hatten: eine besondere Perspektive auf die Welt. Durch seine Freundschaften lernte er, dass er nicht stark sein musste, um ein Teil des Ganzen zu sein – er war bereits stark in den Herzen seiner Freunde.
Eines Frühlingsabends saßen Paul und Anton am Rand des kleinen Sees, der etwas außerhalb von Malchin lag. Die Sonne ging langsam unter, und

das orangefarbene Licht spiegelte sich im Wasser. Paul, der normalerweise vor Energie sprühte, wirkte an diesem Abend nachdenklich. Er starrte auf den See und sagte schließlich leise: „Weißt du, Anton, manchmal frage ich mich, wie es wäre, wenn ich so klein wäre wie du." Anton musste lachen und antwortete: „Klein zu sein hat seine Vorteile. Ich passe überall durch und kann mich gut verstecken." Paul grinste und nickte. „Ja, das stimmt. Aber ich finde, du siehst die Dinge klarer als jeder andere." Diese Worte blieben Anton im Gedächtnis und erfüllten ihn mit einer besonderen Zufriedenheit. Es war ein Moment, in dem er spürte, dass seine Freunde ihn wirklich verstanden.

Doch Anton sollte auch eine andere Seite der Freundschaft kennenlernen. In einem Sommer, als sie älter wurden, verliebte sich Anton zum ersten Mal. Sie hieß Klara und war ein ruhiges, hübsches Mädchen aus dem Nachbardorf, das in den Sommerferien oft in Malchin zu Besuch war. Ihre langen, dunklen Haare und das stille Lächeln ließen Anton jedes Mal nervös werden, wenn sie in der Nähe war. Paul, der seine Verliebtheit bemerkt hatte, zog ihn gerne damit auf und meinte, Anton solle ihr doch ein kleines Blumensträußchen pflücken. Anton tat es schließlich und überreichte ihr zögerlich die Blumen, was Klara ein warmes Lächeln entlockte. Doch trotz ihrer Freundlichkeit blieb die Beziehung zu Klara eine bittersüße Erfahrung.

Obwohl Klara ihn mochte, sah sie in Anton eher einen kleinen Bruder oder einen Freund, den sie beschützen wollte. Für Anton war es schwer, diese Enttäuschung zu akzeptieren, und zum ersten Mal fühlte er, dass seine Größe ihm Grenzen setzte, die er nicht überwinden konnte. In stillen Momenten fragte er sich, ob er jemals eine Freundin finden würde, die ihn so sah, wie er war, und nicht nur als den „kleinen Riesen". Doch diese Gedanken verbarg er vor seinen Freunden und versuchte, seine Enttäuschung in positive Energie umzuwandeln.

Im Laufe der Zeit akzeptierte Anton, dass nicht alles so verlief, wie er es sich wünschte. Seine Freundschaften blieben ihm jedoch treu, und er lernte, dass sie einen Wert besaßen, der weit über die kleinen Enttäuschungen hinausging. Für Paul und die anderen war Anton ein wichtiger Teil ihrer Gruppe, und sie sorgten dafür, dass er nie ausgeschlossen wurde. Anton wuchs in diesen Jahren innerlich weiter, wurde selbstbewusster und fand in sich eine Stärke, die weit mehr wog als die körperliche Kraft, die ihm fehlte.

So gingen die Jugendjahre in Malchin dahin, und Anton erkannte, dass er – trotz aller Einschränkungen – in einem Leben voller Freundschaft, Abenteuer und unvergesslicher Momente lebte. Die Gemeinschaft des Dorfes und die Liebe seiner Freunde gaben ihm die Gewissheit, dass er seinen Platz in der Welt gefunden hatte, und er war bereit, den nächsten Lebensabschnitt mit offenen Armen zu empfangen.

Kapitel 8: Erste Liebe und bittere Erkenntnisse

Die Jugendzeit verging, und Anton trat in eine Phase seines Lebens ein, in der er sich immer stärker mit den Fragen des Erwachsenwerdens auseinandersetzte. Besonders seine Freundschaften und der Wunsch nach einer tieferen Verbindung prägten diese Zeit. Er war zu einem angesehenen Teil der Gemeinschaft von Malchin geworden, und die Menschen schätzten seinen klugen Verstand, seine freundliche Art und seinen unverkennbaren Humor. Doch Anton spürte mehr und mehr, dass etwas in ihm nach einer besonderen Art der Nähe suchte – nach jemandem, der ihn nicht nur als den „kleinen Riesen" oder „besonderen Freund" sah, sondern als das, was er tief im Inneren war.

Die Sommer in Malchin waren erfüllt von fröhlichem Lachen, dem Duft von frisch gemähtem Gras und lauen Abenden, an denen die Dorfbewohner oft zusammenkamen, um sich Geschichten zu erzählen und gemeinsam zu feiern. Eines dieser Feste sollte für Anton besonders werden. Dort begegnete er einem Mädchen, das ihn sofort in seinen Bann zog. Ihr Name war Johanna, und sie war die Tochter eines Bauers aus dem Nachbardorf. Mit ihren lebhaften Augen und dem offenen, herzlichen Lachen schien sie die Welt um sich herum zum Leuchten zu bringen.

Anton und Johanna kamen ins Gespräch, und Anton merkte bald, dass sie mehr als nur ein hübsches Gesicht hatte. Sie war klug und humorvoll, und je mehr sie miteinander sprachen, desto wohler fühlte er sich in ihrer Gegenwart. Johanna schien sich tatsächlich für ihn zu interessieren – nicht nur wegen seiner Größe oder seiner Besonderheit, sondern wegen seiner Gedanken und Ideen. Zum ersten Mal hatte Anton das Gefühl, dass ihn jemand als den Menschen wahrnahm, der er wirklich war. Es entstand eine leise Hoffnung in ihm, dass diese Verbindung vielleicht etwas ganz Besonderes sein könnte.

Die beiden trafen sich von da an öfter. Sie gingen gemeinsam spazieren, lachten und redeten über alles, was ihnen in den Sinn kam. Anton war hin und weg, und in seiner Brust wuchs ein Gefühl, das er noch nie zuvor so intensiv empfunden hatte. Doch je tiefer seine Gefühle wurden, desto deutlicher wurde ihm, dass auch hier Grenzen waren, die er nicht überwinden konnte. So sehr er es sich wünschte, er blieb für Johanna der „kleine Freund aus Malchin". Obwohl sie ihn gernhatte und ihre Gespräche genoss, sah sie in ihm eher eine Art Bruder, einen Gefährten, dem sie ihre Sorgen und Freuden anvertrauen konnte, ohne jemals den Gedanken an eine romantische Beziehung zu hegen.

Für Anton war diese Erkenntnis bitter. Der Wunsch nach Liebe und Nähe wurde durch seine Größe in gewisser Weise eingeschränkt, und das verletzte ihn tief. Die Hoffnung, die er in seine Verbindung zu Johanna gesetzt hatte, zerrann, und er fühlte sich wie ein Zuschauer in seinem eigenen Leben – einer, der die Liebe anderer bewundert, sie jedoch selbst nie ganz erfahren durfte.

Paul, sein langjähriger Freund, bemerkte Antons Stimmungswandel und fragte ihn eines Abends direkt danach. In einem seltenen Moment der Offenheit vertraute Anton ihm seine Gefühle an. Paul hörte aufmerksam zu, ohne ihn zu unterbrechen, und legte ihm am Ende sanft eine Hand auf die Schulter. „Du weißt, dass wir alle dich für den besten Freund halten, den man sich wünschen kann, oder?" sagte er. „Und wenn jemand dich nicht so sieht, wie du wirklich bist, dann ist das ihr Verlust." Diese Worte halfen Anton, den Schmerz ein wenig zu lindern. Die Freundschaft zu Paul und den anderen zeigte ihm, dass er trotz aller Enttäuschungen in einer Gemeinschaft geborgen war, die ihn so akzeptierte, wie er war.

In den folgenden Wochen distanzierte sich Anton jedoch ein wenig von Johanna, um seine Gefühle zu ordnen. Er beschloss, sich mehr auf die Dinge zu konzentrieren, die ihm Freude brachten – seine Freundschaften, seine Familie und die kleinen Aufgaben, die er im Dorf übernahm. Er fing an, sich intensiver mit Lesen zu beschäftigen, und die Dorfbibliothek wurde zu einem seiner liebsten Orte. Die Bücher entführten ihn in Welten, in denen Größe keine Rolle spielte, und er konnte sich in Figuren und Geschichten verlieren, die ihm neue Perspektiven eröffneten.

Einige Jahre vergingen, und Anton lernte, mit seiner Enttäuschung umzugehen. Er wurde weiser und akzeptierte, dass es Dinge gab, die er nie vollständig beeinflussen konnte. Sein Herz blieb offen, doch er erkannte, dass wahre Verbundenheit oft in Freundschaft und nicht

unbedingt in romantischer Liebe zu finden war. Er konzentrierte sich darauf, für die Menschen da zu sein, die ihn schätzten, und fand darin eine neue Zufriedenheit.
Die Dorfbewohner von Malchin spürten, dass Anton innerlich gewachsen war, und sahen in ihm nun mehr als nur einen „kleinen Riesen". Er wurde ein ruhender Pol in ihrer Gemeinschaft, ein verlässlicher Freund und kluger Gesprächspartner, der stets ein offenes Ohr für ihre Sorgen hatte. Anton hatte seinen Platz gefunden, und obwohl er wusste, dass er sich manches Mal nach mehr Nähe sehnte, erkannte er, dass das Leben ihm auf eine andere Weise Fülle schenkte.

Kapitel 9: Ein Tag im Freibad

Mit jedem Jahr fand Anton immer mehr Frieden in seinem Leben, lernte seine Grenzen zu akzeptieren und die Stärken, die ihm das Leben trotz seiner Größe verliehen hatte, wertzuschätzen. Doch selbst mit all dieser inneren Weisheit gab es noch Tage, an denen die Einschränkungen seiner Größe sich ihm nur allzu deutlich zeigten – einer dieser Tage war jener im Sommer, als das Dorf beschloss, gemeinsam das Freibad zu besuchen.

Es war ein außergewöhnlich heißer Tag. Schon frühmorgens begann die Sonne, die Felder und Straßen von Malchin in eine flimmernde Hitze zu tauchen. Die Dorfbewohner hatten sich verabredet, gemeinsam den Nachmittag im Freibad zu verbringen – ein Ausflug, auf den sich vor allem die Kinder freuten. Anton, der an diesem Tag von der lebhaften Vorfreude seiner Freunde angesteckt wurde, beschloss, sich ihnen anzuschließen. Er hatte das Freibad in den vergangenen Jahren schon einige Male besucht, doch diesmal versprach der Ausflug besonders zu werden, da fast das ganze Dorf zusammen dorthin aufbrach.

Als sie ankamen, fühlte Anton die Spannung in seinem Bauch. Das Freibad mit seinen großen Becken und den belebten Menschenmengen war für jemanden wie ihn eine völlig andere Welt. Während die anderen Kinder sich aufgeregt umzogen und sich dann fröhlich in die Wellen stürzten, blieb Anton etwas abseits. Die Schwimmbecken wirkten für ihn wie riesige Seen, die Sprungbretter ragten wie gewaltige Türme in die Höhe, und selbst das flache Kinderbecken erschien ihm tief und unzugänglich. Doch mit einem entschlossenen Nicken entschloss er sich, es zu versuchen – er wollte den Tag genießen und das Wasser so erleben, wie es die anderen taten.

Zum Glück entdeckte Paul, der den Tag mit ihm verbrachte, seine Unsicherheit und bot ihm sofort seine Hilfe an. Gemeinsam gingen sie langsam in das seichte Wasser des Kinderbeckens. Die kühlen Wellen erfrischten Anton, und bald begann er, sich wohler zu fühlen. Paul hielt ihn vorsichtig an den Schultern, während Anton mit den Füßen das Wasser spritzte und schließlich laut lachte. Die anderen Kinder kamen zu ihnen und begannen, mit Wasser zu spielen und kleine Wellen um Anton herum zu erzeugen, was ihn zum Kichern brachte. Für einen kurzen Moment vergaß Anton, wie klein er war, und fühlte sich vollkommen frei.

Doch während die anderen Kinder in das tiefere Wasser wechselten und sich mutig an die größeren Becken wagten, zögerte Anton. Ihm war bewusst, dass es für ihn gefährlich sein konnte, das tiefe Wasser zu betreten. Auch wenn ihm die Abenteuerlust in den Augen glitzerte, hielt ihn seine innere Vernunft zurück. Paul und die anderen versuchten, ihn zu ermutigen, indem sie sich gegenseitig ins Wasser sprangen und ihn zum Mitmachen einluden, doch Anton blieb an der Kante stehen und winkte ihnen lachend zu, während er sich in der Nähe des flachen Beckens aufhielt.

Da geschah es, dass eine Gruppe jugendlicher Dorfbewohner beschloss, sich mit einem Turmsprung-Wettbewerb zu messen. Die Jugendlichen, die von Antons Geschichte als „kleiner Riese" wussten und ihn ebenfalls sehr schätzten, entschieden sich, ihm eine kleine Show zu bieten. Mit lauten Anfeuerungsrufen und einem Hauch von Übermut sprangen sie nacheinander von den höchsten Sprungbrettern ins Wasser und drehten sich in der Luft, während die anderen Dorfbewohner sie begeistert anfeuerten.

Einer der Jugendlichen, ein kräftiger Bursche namens Lukas, rief schließlich, dass Anton doch den Mut habe, ebenfalls vom kleinen Brett zu springen. Die Zuschauer lachten und klatschten ermutigend, und Anton spürte, wie sein Herz ein wenig schneller schlug. Es war ein Gedanke, der ihn sowohl ansprach als auch ein wenig erschreckte. Er sah zu Paul, der ihn mit einem aufmunternden Lächeln ansah und meinte: „Komm schon, Anton, wir sind da, um dich aufzufangen!"

Nach kurzem Zögern nahm Anton die Herausforderung an. Er trat an das niedrige Sprungbrett und atmete tief durch, während die Menge gespannt zusah. Die Strecke, die er zurücklegen musste, war kurz, doch für ihn fühlte es sich an, als würde er einen Berg besteigen. Langsam, Schritt für Schritt, ging er auf die Kante des Sprungbretts zu, während die Zuschauer den Atem anhielten.

Mit einem leisen „Jetzt oder nie" drückte er sich von der Kante ab und sprang ins Wasser. Der

Sprung war kurz und nicht besonders hoch, doch in diesem Moment fühlte Anton, wie die Welt für einen Augenblick stillstand und ihm all das Selbstbewusstsein zuwuchs, das er sich oft erträumt hatte. Das Wasser schlug kühl und weich um ihn herum, und Sekunden später spürte er, wie Pauls Arme ihn sanft festhielten und an die Oberfläche zogen. Die Dorfbewohner brachen in frenetischen Applaus aus, und Anton konnte sein Lächeln nicht verbergen.

Die Jugendlichen, die ihn zuvor angestachelt hatten, klatschten begeistert und schenkten ihm anerkennende Blicke. „Du hast es wirklich getan, Riese!" rief einer von ihnen, und Anton spürte eine Welle des Stolzes in sich aufsteigen. Für einen kurzen Moment hatte er seine Grenzen überwunden und gezeigt, dass Mut nichts mit Körpergröße zu tun hatte.

An diesem Abend, als die Dorfbewohner nach Hause zurückkehrten und die Dunkelheit sich sanft über das Land legte, fühlte sich Anton auf eine Weise lebendig und stark, die er zuvor selten erlebt hatte. Der Tag im Freibad, die Aufregung, die Anfeuerungsrufe und schließlich der Sprung ins Wasser waren für ihn mehr als nur eine Mutprobe gewesen – sie waren ein Zeichen dafür, dass er die Kraft besaß, sich selbst herauszufordern und zu überwinden, wenn es darauf ankam.

Von diesem Tag an wurde Anton von vielen Dorfbewohnern nicht nur als der „kleine Riese" angesehen, sondern als einer, der auch in großen Momenten wahre Größe bewies.

Kapitel 10: Gesundheitliche Schwierigkeiten

Die Jahre vergingen, und Anton blieb der kleine, herzliche „Riese“ von Malchin. Doch mit der Zeit begannen seine Eltern und Freunde, sich Sorgen um seine Gesundheit zu machen. Sein kleiner Körper, der ihn bisher treu durchs Leben getragen hatte, begann nun unter den Belastungen des Alltags zu leiden. Anton spürte öfter Müdigkeit und war anfälliger für Erkältungen und andere Infekte, die bei ihm immer etwas länger und intensiver anhielten als bei anderen. Auch sein Herz schien in letzter Zeit schneller zu schlagen, und nach körperlichen Aktivitäten wurde er ungewöhnlich kurzatmig. Anton wollte seine Sorgen zunächst nicht teilen – er hatte das Dorf und seine Familie bereits so oft durch seine Besonderheit herausgefordert.
Eines Tages jedoch, als Anton wieder einen Nachmittag am See verbrachte und mit Paul und einigen anderen Freunden Fische beobachten wollte, spürte er plötzlich ein starkes Stechen in der Brust. Er hielt inne, legte seine kleine Hand auf die Brust und zwang sich, ruhig zu atmen, doch das Gefühl blieb. Paul bemerkte sofort, dass etwas nicht stimmte, und eilte besorgt zu ihm. „Anton, was ist los?“ fragte er mit ernster Stimme. Anton wollte ihm zunächst versichern, dass es nur ein flüchtiger Schmerz sei, doch die Besorgnis in Pauls Augen brachte ihn schließlich dazu, die Wahrheit zu sagen. „Es ist nichts... oder doch. Manchmal spüre ich so ein Stechen hier“, murmelte Anton und zeigte auf seine Brust. „Aber es geht schnell vorbei.“

Paul bestand darauf, dass Anton dies den Erwachsenen erzählen musste, und begleitete ihn nach Hause. Dort erklärte Anton widerwillig seinen Eltern, dass er in letzter Zeit häufiger Beschwerden hatte, die er nicht zuordnen konnte. Seine Mutter, die sofort besorgt war, nahm ihn am nächsten Tag mit zu Dr. Hoffmann, dem alten, erfahrenen Arzt des Dorfes, der Anton seit seiner Geburt begleitete und immer ein wachsames Auge auf ihn gehabt hatte.
Nach einigen Untersuchungen und Tests saßen Anton und seine Eltern nervös im Behandlungsraum, als Dr. Hoffmann mit ernster Miene eintrat. „Anton", begann er langsam und bedacht, „dein Herz und dein Körper sind außergewöhnlich, und du bist bereits viel stärker, als viele dachten. Doch dein Körper ist klein, und manche Dinge – wie das Herz und die Organe – haben sich nicht so entwickelt, wie es bei anderen der Fall ist." Der Arzt erklärte, dass Anton auf sich achten müsse, da seine körperlichen Reserven nicht dieselben waren wie bei anderen Menschen. Er riet ihm, körperliche Belastungen zu reduzieren und Stress zu vermeiden.
Anton nahm die Nachricht mit einem tapferen Lächeln auf, doch seine Eltern waren sichtlich erschüttert. Sie hatten ihren Sohn stets als einen kleinen Kämpfer gesehen und hofften, dass er immer die Kraft haben würde, die Herausforderungen des Lebens zu meistern. Doch die Worte des Arztes brachten ihnen die Realität näher: Anton hatte Grenzen, die er akzeptieren musste, und das Dorf würde lernen müssen, ihn auf eine neue Weise zu schützen.

Für Anton war diese Diagnose ein Wendepunkt. Er spürte, dass seine Träume, ein „normaler" junger Mann zu sein und ein Leben voller Abenteuer und Unabhängigkeit zu führen, nur eingeschränkt möglich waren. Doch er beschloss, sich nicht entmutigen zu lassen. Anstatt sich zurückzuziehen, fand er neue Wege, wie er sein Leben bereichern konnte. Er begann, sich mehr auf seine Leidenschaft für Bücher zu konzentrieren, las sich durch alle Werke der kleinen Dorfbibliothek und entdeckte das Schreiben für sich. Seine kleinen Geschichten und Beobachtungen über das Dorf und seine Bewohner begannen, sich herumzusprechen, und viele Dorfbewohner baten ihn bald darum, ihre Lebensgeschichten in seinen Texten festzuhalten.

Die Dorfgemeinschaft passte sich ebenfalls an Antons veränderte Bedürfnisse an. Die Kinder spielten nun öfter Spiele, bei denen sie ruhig zusammensaßen, Geschichten erzählten oder mit ihm gemeinsam malten. Paul und die anderen Jungen, die Anton zuvor oft mit wilden Abenteuern durch das Dorf gezogen hatten, waren jetzt darauf bedacht, dass er sich nie überanstrengte, und halfen ihm bei allem, was ihm schwerfiel.

In dieser Zeit lernte Anton, das Leben auf eine neue, ruhigere Weise zu schätzen. Er genoss die kleinen Momente der Freude – das Zwitschern der Vögel, die Stimmen der Menschen um ihn herum und das warme Gefühl der Zusammengehörigkeit. Die Dorfbewohner bewunderten seinen Mut und seine Gelassenheit

und erkannten, dass Anton trotz seiner gesundheitlichen Einschränkungen eine unerschütterliche Stärke besaß. Er war der kleine „Riese" geblieben, aber nun auf eine Weise, die noch tiefer in den Herzen der Menschen verwurzelt war.
Anton wusste, dass er vielleicht nicht alles erleben würde, was er sich einst erträumt hatte, aber er hatte gelernt, die Welt auf seine eigene Weise zu sehen. Und in dieser Welt, in der jeder kleine Moment ein wertvolles Geschenk war, lebte er weiter, als ein wahres Vorbild für das Dorf, das ihn wie einen der Ihren behütete und bewunderte.

Kapitel 11: Ein unvergessliches Stadtfest

Nach der Diagnose lebte Anton ruhiger und fokussierter, doch seine Bedeutung für Malchin war größer als je zuvor. Im Dorf erkannte man, dass Anton eine Art Glücksbringer geworden war, ein Symbol für Zusammenhalt und die Stärke, die aus gegenseitiger Unterstützung erwächst. Die Dorfgemeinschaft beschloss daher, ihm zu Ehren ein Stadtfest zu veranstalten – eine Feier, die den kleinen „Riesen" und all das, was er ihnen bedeutete, in den Mittelpunkt stellen sollte.
Monatelang liefen die Vorbereitungen. Jeder wollte etwas Besonderes beisteuern, und die Vorfreude, Anton an diesem Tag zu feiern, brachte die Dorfbewohner noch enger zusammen. Die Bäckerin Fräulein Lenke buk einen riesigen Kuchen mit einer kleinen Figur, die Anton darstellen sollte, und die Kinder bemalten große Banner mit Bildern und Sprüchen wie „Unser Riese für alle Zeiten" und „Anton, unser Herz von Malchin". Die örtliche Blaskapelle probte unermüdlich, und der Dorfplatz wurde mit Lichtern, Tischen und Stühlen festlich hergerichtet. Selbst der Bürgermeister entschied, dass es auf dem Fest eine Ehrung für Anton geben sollte, die ihn als Ehrenbürger von Malchin auszeichnen würde.
Am Tag des Festes war der gesamte Dorfplatz gefüllt. Die Sonne schien, und die Luft war erfüllt vom Duft von frisch gebackenem Brot, Bratwürsten und Blumen. Die Dorfbewohner waren in bester Festlaune, und als Anton auf dem Platz erschien, erhob sich ein tosender Applaus.

Für einen Moment stand er überwältigt da, dann breitete sich ein Lächeln auf seinem Gesicht aus, und er trat mit einem leichten Nicken in die Menge ein. Paul und seine anderen Freunde geleiteten ihn durch die Menge, jeder wollte ihm die Hand schütteln und ein paar Worte mit ihm wechseln.

Die Hauptattraktion des Festes war eine kleine Bühne, die die Dorfbewohner für Anton aufgebaut hatten. Dort wurde er von seiner Familie und dem Bürgermeister empfangen. Als Anton schließlich auf die Bühne trat, herrschte eine erwartungsvolle Stille. Der Bürgermeister räusperte sich und hielt eine kurze, aber bewegende Rede. Er sprach von Antons Lebensweg, von seinen besonderen Herausforderungen und davon, wie er durch seine Tapferkeit, seine Wärme und seinen Humor die Herzen der Menschen erobert hatte. „Anton ist für uns alle ein Vorbild", sagte der Bürgermeister schließlich. „Er hat uns gelehrt, dass wahre Größe nicht in der Körperstatur, sondern im Herzen liegt."

Mit diesen Worten überreichte der Bürgermeister Anton eine Urkunde, die ihn zum Ehrenbürger von Malchin ernannte. Die Dorfbewohner applaudierten begeistert, einige wischten sich sogar Tränen aus den Augen. Anton nahm die Urkunde in seinen kleinen Händen und sah einen Moment lang auf das Pergament. Für ihn bedeutete diese Ehrung, dass die Menschen ihn so akzeptierten, wie er war – nicht trotz seiner Größe, sondern gerade wegen all der Dinge, die ihn zu einem Teil des Dorfes machten.

Anschließend trat Paul ans Mikrofon und rief mit einem breiten Grinsen: „Und jetzt machen wir das, was Anton am meisten liebt – wir tanzen!"
Die Kapelle begann zu spielen, und die Dorfbewohner strömten auf den Platz, um gemeinsam mit Anton zu feiern. Inmitten der Tanzenden bewegte sich Anton fröhlich mit, hielt sich an Paul und den anderen fest und drehte sich lachend im Takt der Musik. Für einen kurzen Augenblick schien er zu schweben, als ob die Freude ihn tragen würde.
Später am Abend, als die Sonne bereits hinter den Feldern untergegangen war und die ersten Sterne am Himmel erschienen, setzte sich Anton auf eine kleine Bank am Rande des Festplatzes und ließ die Szenerie auf sich wirken. Die Lichterketten funkelten über ihm, die Stimmen der Dorfbewohner hallten leise durch die Nacht, und der Abendwind trug den Duft von Blumen und frischem Gebäck zu ihm. In diesem Moment fühlte Anton eine tiefe Zufriedenheit. Alles, was er sich je gewünscht hatte – Akzeptanz, Zugehörigkeit und das Gefühl, etwas in der Welt zu bewirken – fand er in dieser Gemeinschaft, die ihn wie einen der Ihren feierte.
Paul setzte sich zu ihm und legte ihm freundschaftlich eine Hand auf die Schulter. „Siehst du, Anton? Du bist für uns alle etwas ganz Besonderes", sagte er leise. Anton nickte, seine Augen glänzten vor Rührung, und ein warmes Lächeln legte sich auf seine Lippen. „Es ist schön, Teil von Malchin zu sein," murmelte er, und für einen kurzen Moment saßen sie schweigend da und genossen die Stille der Nacht.

Das Fest ging bis spät in die Nacht, und Anton blieb bis zum Ende. Die Menschen verabschiedeten sich, einer nach dem anderen, und bedankten sich bei ihm für alles, was er dem Dorf gegeben hatte. In dieser Nacht kehrte er schließlich nach Hause zurück, das Herz schwer und glücklich zugleich. Das Stadtfest hatte ihm gezeigt, dass seine Geschichte – die Geschichte eines kleinen „Riesen" in einem kleinen Dorf – für die Menschen von Malchin eine bleibende Bedeutung hatte.